GEORGES D'HEYLLI

LÉON GUILLARD

ARCHIVISTE

DE LA COMÉDIE FRANÇAISE

(1810-1878)

Portrait à l'eau-forte par Ad. Lalauze

PARIS

LIBRAIRIE GÉNÉRALE | LIBRAIRIE TRESSE
72, Boulevard Haussmann, 72 | Galerie du Théâtre-Français

M DCCC LXXVIII

LÉON GUILLARD

Léon Guillard

GEORGES D'HEYLLI

LÉON GUILLARD

ARCHIVISTE

DE LA COMÉDIE FRANÇAISE

(1810-1878)

Portrait à l'eau-forte par Ad. Lalauze

PARIS

LIBRAIRIE GÉNÉRALE
72, Boulevard Haussmann, 72

LIBRAIRIE TRESSE
Galerie du Théâtre-Français

M DCCC LXXVIII

LÉON GUILLARD

Les lettres et les lettrés ont fait une perte bien sensible dans la personne de Léon Guillard. Cet homme aimable, simple et modeste, qui occupait depuis plus de vingt ans les triples fonctions d'archiviste-bibliothécaire, de lecteur et de conservateur du bâtiment, à la Comédie française, avait rendu aux auteurs dramatiques et aux écrivains qui s'occupent spécialement des choses du théâtre les plus signalés services : aux uns, comme lecteur et comme juge d'une incontestable expérience, il donnait de précieux conseils, et plus d'une pièce a dû aux corrections et modifications qu'il a su indiquer le succès qui l'a ensuite accueillie; aux autres, il avait ouvert ses archives avec une bonne grâce et une affabilité inappréciables, en même temps qu'il les aidait de ses avis et de son érudition si étendue et si sûre.

En parlant de ces riches archives de la Comédie française, il faut constater tout d'abord que c'est à Léon Guillard qu'elles ont dû leur résurrection et leur reconstitution. Avant lui, en effet, les trésors inestimables qu'elles contiennent gisaient éparpillés, sans ordre et sans recherches possibles, dans des armoires toujours fermées ou sur des rayons poussiéreux : c'est lui qui a tiré du chaos et rétabli dans un ordre régulier et définitif tous les autographes précieux, les manuscrits rares, les gravures, les affiches de représentations curieuses, les livres anciens et nouveaux, et surtout les éditions variées des maîtres illustres de la scène, qu'il cherchait à réunir aussi nombreuses que possible ; c'est lui, en un mot, qui a créé les archives actuelles de la Comédie française.

C'est là, dans le petit cabinet qui précède la longue galerie où se trouve la bibliothèque et où sont aussi classés les anciens registres des représentations, des recettes et des dépenses de la Comédie depuis son origine, que Léon Guillard recevait tous les jours, de deux à cinq heures, les visiteurs qui venaient le consulter. D'une humeur toujours égale et charmante, malgré sa santé depuis longtemps compromise, causeur inépuisable, admirablement renseigné sur tout ce qui concernait le théâtre en général, et principalement son cher théâtre, il était du plus précieux secours lorsqu'il s'agissait de fixer un point difficile ou de faire une recherche inconnue. Il passait ainsi l'après-midi tout entière dans ce petit cabinet hospitalier où, pendant dix années de suite, il nous reçut tant de fois, toujours aimable et souriant.

Après cinq heures, Léon Guillard descendait dans le salon d'attente de l'administrateur général, où de nouveaux visiteurs venaient encore le trouver. Là se rencontraient les auteurs en renom, les sociétaires et les amis particuliers de la maison. C'était dans cette sorte de petit cénacle journalier que l'on discutait, très-allègrement d'ailleurs, les événements nouveaux du dehors en même temps que les questions qui intéressaient spécialement la Comédie. Là encore Léon Guillard était de sage avis et de bon conseil, et, comme c'était aussi l'heure des audiences de l'administrateur général, souvent, grâce à lui, furent aplanies un peu plus loin, dans le cabinet directorial, bien des difficultés dont sa vieille expérience avait indiqué la solution.

Le soir, après son dîner de famille, Léon Guillard descendait généralement sur le théâtre. Il existe sur la scène, à la Comédie française, une petite loge dans laquelle les acteurs qui jouent pendant l'acte se retirent en attendant le moment de reparaître dans la pièce : c'est là que se rendait Léon Guillard, là qu'on était toujours sûr de le trouver, de huit à dix heures du soir, en conversation réglée avec les artistes qui étaient de la représentation. Tous le connaissaient, l'estimaient; je puis même dire, avec la certitude de n'être démenti par aucun, tous l'aimaient ! Il n'en est guère, en effet, parmi les comédiens de la génération entrée au Théâtre-Français de 1855 à 1878, dont Léon Guillard n'ait encouragé les débuts, dont il n'ait suivi avec bonheur les progrès, dont il n'ait facilité la carrière. Aussi avait-il reçu, en échange de ces bons offices d'un ordre si élevé, la reconnaissante et particulière affection de plusieurs d'entre eux, et — pour ne citer que ceux-là — il est mort dans les bras des frères Coquelin, qu'il aimait d'une façon toute paternelle et qui le lui rendaient si bien ! Il faut ajouter que, remplissant d'aussi délicates fonctions, vivant journellement au milieu de tant d'amours-propres en éveil, de tant de susceptibilités de tous les genres, de tant de caractères si différents et souvent si difficiles, il avait une qualité bien précieuse et bien rare : l'indulgence absolue; il savait toujours trouver un mot aimable pour chacun, un éloge approprié aux qualités spéciales qu'il fallait reconnaître et encourager; il avait surtout la critique discrète, mesurée, sans blessure pour personne, tout en restant sincère.

Léon Guillard avait quarante-cinq ans lorsque, en 1855, il entra comme archiviste à la Comédie française. Il était né à Clapiers, près Montpellier, le 11 avril 1810, et non en 1816, ainsi que l'ont imprimé les diverses biographies qui le concernent. Il faut dire à leur décharge que l'excellent archiviste du Théâtre-Français mettait une certaine coquetterie à ne point vieillir trop vite, et il est même fort probable que c'est sur ses propres indications que toutes ces biogaphies, qui en général se copient l'une l'autre, ont commis leur erreur. Il lui semblait encore qu'il reculerait peut-être ainsi pour lui l'heure de la retraite, et qu'il resterait d'autant plus longtemps à son cher théâtre qu'on le croirait plus jeune : excusable faiblesse dont le secret n'était connu que de quelques amis intimes, et que nous révélons cependant sans scrupule, puisque la lettre de faire part qui annonçait ses obsèques n'a pas cru devoir le garder.

Or, en 1855, Léon Guillard était un auteur dramatique depuis longtemps applaudi ; quelques-unes de ses pièces, *le Bal du prisonnier, les Frais de la guerre*, notamment *Clarisse Harlowe*, étaient populaires et avaient même eu un éclatant succès et de nombreuses représentations. Il avait d'ailleurs de qui tenir en ce genre : son grand-oncle, Nicolas-François Guillard, né en 1752, mort en 1814 avait été en son temps, un librettiste des plus distingués. Le Sueur, et surtout Sacchini, lui devaient les poëmes de leurs meilleurs opéras : c'est lui qui a écrit, entre autres, le livret si littéraire d'*Œdipe à Colone*, que l'Académie française a couronné.

Quant à Léon Guillard, on l'avait d'abord destiné à la carrière administrative, et il fut à ses débuts, de 1839 à 1842, chef du cabinet du préfet de l'Hérault. Il en profita pour fonder de petits journaux et pour écrire quelques vaudevilles dont la renommée ne devait pas dépasser la frontière du département. D'ailleurs, il abandonna bien vite l'administration pour se jeter tout à fait dans la littérature. Il vint à Paris et se fit une rapide notoriété comme auteur dramatique ; elle lui valut d'être appelé à remplacer au Théâtre-Français l'archiviste Laugier. Arsène Houssaye était alors directeur de notre première scène ; M. Empis lui succéda l'année suivante ;

puis vint M. Édouard Thierry, et enfin M. Émile Perrin.

Cette longue carrière de vingt-trois ans, entièrement consacrée à la Comédie française, a rempli la meilleure partie de l'existence de Léon Guillard. Ce fut certainement, même en tenant compte des autres satisfactions que ses succès au théâtre avaient déjà pu lui donner, le temps le plus heureux de toute sa vie. Il dut d'ailleurs, en acceptant les doubles fonctions d'archiviste et de lecteur, renoncer désormais à la scène comme auteur dramatique. L'ardeur et la passion qu'il apporta, dès le début, aux travaux multiples qui lui incombaient, ne lui eussent pas laissé le temps nécessaire pour s'occuper personnellement de nouveaux ouvrages. Il se borna, dès lors, à examiner les pièces des autres, puisqu'il n'avait plus le loisir d'en composer lui-même, et cela avec le soin éclairé et la bienveillance si pleine de tact qui lui étaient naturels.

En effet, il était avant tout bienveillant et accueillait ses justiciables — nouveaux venus ou amis — avec une grâce exquise. Comme lecteur, il avait souvent à se heurter à des amours-propres qu'il pouvait craindre d'être obligé, malgré lui, de blesser. Quoi de plus difficile, en effet, que de dire à un auteur persuadé de la valeur de l'œuvre qu'il a présentée que sa pièce n'est pas bonne et qu'elle ne sera pas jouée ? Mais il y mettait tant de ménagements, tant d'urbanité, et aussi tant d'adresse, que bien souvent l'auteur évincé s'en allait tout heureux d'avoir reçu un bon conseil et remportait son manuscrit avec l'intention de l'en faire profiter. Le secours anonyme et désintéressé que beaucoup de ses confrères, même parmi les plus célèbres, reçurent bien souvent de lui, pour leurs œuvres soumises à son examen, est inappréciable; mais il était, sur ce point comme sur tant d'autres, d'une réserve extrême, et ce n'est point de lui que nous tenons la révélation des utiles conseils dont bénéficièrent, entre autres, quelques pièces devenues centenaires. L'ami, le confident de Léon Guillard, qui nous en a cité les titres, a également désiré que le secret de ces conseils, lesquels, à différentes reprises, ont été de véritables collaborations, fût respecté après la mort de l'excellent archiviste comme il l'avait lui-même respecté pendant sa vie.

Léon Guillard avait son habitation dans les annexes mêmes de la Comédie, en raison de son titre de conservateur « du monument », ainsi qu'il disait lui-même. Le mot banal et vulgaire de « bâtiment » lui semblait en effet indigne d'être appliqué à l'illustre maison qu'il aimait tant et qui est avant tout celle de Molière. Dans ces « hauteurs tranquilles » où il avait son modeste logis, son ménage était tenu par sa femme, personne de manières simples et douces, mais des plus distinguées comme esprit et la plus dévouée et la plus attentionnée des compagnes, soignant avec un zèle constant et infatigable la fragile santé de son mari, dont elle a certainement prolongé l'existence : si bien que lorsqu'elle n'a plus été là pour veiller sur lui, il en est mort! Il ne survécut en effet que cinq mois à la perte cruelle de cette femme d'élite, qui lui était si affectionnée et si indispensable. Sa mort l'avait irrémédiablement frappé, et il ne se releva pas de ce coup terrible; il traîna languissamment les dernières semaines de sa vie et comme n'ayant plus la force de résister, puisque celle qui l'avait si bien aidé et forcé à vivre n'était plus là !

Nous avons déjà dit quelle frêle et délicate santé il avait. Dans la semaine qui précéda celle où il mourut, il était allé assister au mariage de son compatriote et ami, le peintre Baudoin, avec Mlle Parfait. Il prit froid à l'église, et rentra avec une bronchite qui, vu son état délabré, était pour lui une grave maladie. Il souffrit ainsi sans se plaindre pendant quelques jours; mais le mal augmenta, le minant, le terrassant sourdement. Il ressentait, nous disait-il, « comme un affaissement général de tout son être ». Le samedi 13 avril, il se trouva plus faible encore et plus abattu ; il descendit toutefois de ses archives à l'administration. Mais le pauvre homme n'était plus que l'ombre de lui-même. Il sortit une dernière fois, en proie à la fièvre, et il crut la calmer en absorbant au café voisin une boisson glacée. Le soir même il prenait le lit, et le lendemain, à minuit un quart, au moment où le dimanche venait de finir, il rendait le dernier soupir, sans secousse, sans agonie comme sans souffrance apparente, sans voir la mort venir, ayant au chevet de son lit les frères Coquelin, qui ont recueilli ses dernières paroles et qui lui ont fermé les yeux.

Au premier bruit des progrès inquiétants de sa maladie, dans cette dernière journée, accoururent successivement auprès de Guillard M. Émile Perrin, M. Henri de Bornier, M. Édouard Thierry, dont le discours, que vous lirez plus loin, vous fera connaître en quelle sérieuse amitié et en quelle haute estime l'ancien administrateur de la Comédie tenait son ancien archiviste. Mais ce n'est que le lendemain que la douloureuse nouvelle se répandit dans le théâtre; elle frappa comme d'un coup de foudre tous ces excellents artistes, si dévoués à Léon Guillard, et qu'ils avaient vu l'avant-veille encore au milieu d'eux, sans se douter, pour la plupart, que le mal dont il était atteint avait fait tant de progrès. Aussi tous regardèrent-ils comme un devoir de venir se presser derrière son cercueil à ses obsèques, qui furent célébrées, le mardi 16 avril, à Saint-Roch. Une affluence considérable d'amis, de gens de lettres, d'auteurs dramatiques, remplissait également l'église.

Après la cérémonie, le triste cortége prit le chemin du cimetière Montmartre, les cordons du char funèbre étant tenus par l'administrateur de la Comédie française, M. Émile Perrin ; par l'auteur de *la Fille de Roland*, M. Henri de Bornier, ami particulier du défunt, et par deux des plus éminents sociétaires de la Comédie, son doyen, M. Got, et M. Coquelin, aîné.

Au cimetière, le convoi s'arrêta devant le caveau ouvert le matin même et qui contenait déjà le cercueil si récemment fermé sur les restes de Mme Guillard. Ce fut le moment des suprêmes adieux : M. Émile Perrin, qui avait toujours apprécié à sa juste valeur l'homme distingué et de si bon conseil que la Comédie française venait de perdre[1], prit le premier la parole en son nom ; puis M. Paul Ferrier, compatriote et ami de Léon Guillard, qui avait facilité ses premiers débuts sur la grande scène de la rue de Richelieu, parla à son tour, au nom de la Société des auteurs et des compositeurs dramatiques ; enfin M. Édouard Thierry vint, surtout comme ami, prononcer les dernières paroles.

Et ce fut bientôt qu'on s'aperçut à la Comédie française du grand vide que venait d'y faire la mort de Léon Guillard, puisqu'il ne fallut pas nommer moins de trois titulaires à ses divers emplois pour le remplacer ! ...

Mai 1878.

GEORGES D'HEYLLI.

1. « J'ai cherché, a bien voulu nous écrire M. Émile Perrin en nous envoyant son discours, à rendre un juste hommage à un homme d'un rare mérite et d'une plus rare modestie. C'est une véritable perte pour la Comédie française... » (20 avril 1878.)

ŒUVRES THÉATRALES

DE LÉON GUILLARD

OEUVRES THÉATRALES

DE LÉON GUILLARD [1]

1837.— *Femme et maîtresse*, comédie en un acte (Vaudeville, 8 juin). — Principaux interprètes : MM. Lepeintre jeune, Bardou ; Mmes Guillemin, Taigny.

1843.— *Delphine, ou la Faute du mari*, comédie en deux actes (Odéon, 9 février). — Principal interprète : M. Eugène Pierron.

— *Les Moyens dangereux*, comédie en cinq actes, en vers (Odéon, 9 novembre). — Principaux interprètes: MM. Rey, Mauzin, Barré ; Mme Grassau.

1844.— *Les Paniers de Mademoiselle*, comédie en un acte (Odéon, 15 novembre). — Principaux interprètes : M. Louis Monrose ; Mmes Grassau, Volet.

---

1 Cette liste ne comprend que les pièces de Léon Guillard représentées à Paris. Je citerai cependant pour mémoire celles qu'il avait fait jouer antérieurement à Montpellier, c'est-à-dire deux opéras : *les Jacobites* (avec Aimès) et *Une conspiration moscovite*, et un vaudeville, *l'Oncle et le Neveu*. Les petits journaux qu'il fonda, à la même époque, à Montpellier, s'appelaient l'un *le Babillard*, et l'autre *l'Hérault*.

1846.— *Clarisse Harlowe*, drame-vaudeville en trois actes, en société avec MM. Dumanoir et Clairville (Gymnase, 5 août). — Principaux interprètes : MM. Bressant, Tisserant, Montdidier, Geoffroy; Mmes Rose Chéri, Lambquin, Anna Chéri.

1847.— *Le Dernier Amour*, comédie en trois actes, mêlée de chants (Vaudeville, 19 juin). — Principaux interprètes : M. Leclère ; Mmes Guillemin, Nathalie, Figeac.

1848.— *Le Marchand de jouets d'enfants*, comédie en un acte, en société avec Mélesville (Gymnase, 10 avril). — Principaux interprètes : MM. Numa, Landrol ; Mmes Rose et Anna Chéri.

— *Les Frais de la guerre*, comédie en trois actes (Théâtre-Français, 20 juin). — Principaux interprètes : MM. Regnier, Leroux ; Mmes Allan, Anaïs, Rebecca.

1849.— *Le Bal du prisonnier*, vaudeville en un acte, en société avec Adrien Decourcelle (Gymnase, 27 octobre). — Principaux interprètes : MM. Bressant, Tisserant ; Mlle Melcy.

1850.— *Un Vieil Innocent*, comédie-vaudeville en un acte, (Vaudeville, 4 juin). — Principaux interprètes : MM. Delannoy, Lagrange ; Mlle Cico.

— *Un Mariage sous la Régence*, comédie en trois actes, avec divertissement (Comédie française, 21 septembre). — Principaux interprètes : MM. Brindeau, Leroux ; Mmes Judith, Thénard, Fix, Moreau-Sainti, Favart, Luther.

1852.— *L'Exil de Machiavel*, drame en trois actes, en vers (Odéon, 16 avril). — Principaux interprètes : MM. Bouchet, Martel, Talbot ; Mlle Siona Lévy.

— *Les Gaietés champêtres*, vaudeville en deux actes, en

société avec Desnoyers et Durantin (Vaudeville, 3 juillet). — Principaux interprètes : M. René Luguet ; Mmes Saint-Marc, C. Bader.

1854.—*Le Double Veuvage*, comédie en trois actes, en prose, de Dufresny, réduite en un acte par Léon Guillard, qui a gardé l'anonyme (Comédie française, 17 mai). La pièce n'a pas été imprimée. — Principaux interprètes : MM. Delaunay, Anselme (Bert) ; Mmes Fix, Thénard, Bonval.

1856.—*Le Mariage à l'arquebuse*, comédie en un acte (Gymnase, 6 août). — Principaux interprètes : MM. Berton, Geoffroy, Lesueur, Garraud ; Mlle Victoria.

— *La Statuette d'un grand homme*, comédie en un acte, en société avec Achille Bézier (Comédie française, 8 août). — Principaux interprètes : MM. Leroux, Monrose, Mlle Fix.

— *Le Médecin de l'âme*, drame en cinq actes, en société avec Maurice Desvignes (Odéon, 5 septembre). — Principaux interprètes : MM. Tisserant, Rey, Thiron, Desrieux ; Mmes Toscan, Armand, Thaïs.

C'est à tort que le catalogue Otto Lorenz attribue une part de collaboration à Léon Guillard dans le vaudeville *Colombe et Perdreau* (Variétés, 15 août 1846), qui est de Dumanoir et Clairville.

Guillard a donné au journal *l'Univers illustré* quelques articles relatifs au Théâtre-Français, et notamment une étude sur *le Décanat à la Comédie française*, au moment où M. Got prit possession du titre de doyen après le départ de M. Regnier, et un travail sur *les Représentations de retraite des sociétaires*. Il étendit par la suite ce dernier travail, avec l'intention de le publier en volume chez Michel Lévy. Nous en avons souvent vu entre ses mains le manuscrit, qui d'ailleurs doit être inachevé.

Léon Guillard avait été nommé chevalier de la Légion d'honneur le 13 août 1861.

DISCOURS

PRONONCÉS

AUX OBSÈQUES DE LÉON GUILLARD

DISCOURS

PRONONCÉS

AUX OBSÈQUES DE LÉON GUILLARD

DISCOURS

DE M. ÉMILE PERRIN

Administrateur général de la Comédie française

Messieurs,

La Comédie française conduit à sa dernière demeure un homme qui l'a profondément aimée, qui l'a bien servie pendant de longues années et à plus d'un titre. Devant cette tombe si inopinément ouverte, la Comédie française témoigne ses regrets unanimes, sa sincère affection, et je ne suis que votre fidèle interprète en rendant un juste hommage à la mémoire de Léon Guillard.

Si quelqu'un a mérité l'honneur d'être ainsi entouré de vous tous à l'heure du suprême adieu, c'est bien lui, car il a vécu au milieu de vous, ou, pour mieux dire, depuis longtemps il ne vivait que pour vous. Cette grande maison, dont la garde matérielle lui avait été confiée, était devenue sa maison, son propre foyer, le foyer de son cœur; il s'enorgueillissait de sa gloire, il était jaloux comme pas un de sa prospérité : c'étaient là les deux grands soucis de sa vie, et cette passion l'avait saisi du jour où il entra parmi vous. A dater de ce moment, l'auteur souvent applaudi d'œuvres très-distinguées renonça à solliciter pour son propre compte les applaudissements et le succès. Il mit au service des autres un savoir accompli dans toutes les choses du théâtre, son expérience consommée de la scène, la finesse de son goût, la sûreté de son jugement. Une pente naturelle vers un idéal élevé, la profonde connaissance des chefs-d'œuvre de notre répertoire, une mémoire incomparable, faisaient de M. Guillard un homme merveilleusement propre aux fonctions délicates qu'il a remplies pendant tant d'années. Son autorité incontestée, sa parfaite courtoisie, le servaient dans des relations qui exigent à la fois de la souplesse et de la fermeté. Il était heureux de signaler à l'avance les œuvres remarquables, mais il savait résister aux obsessions inutiles; il mesurait son approbation aux intérêts et à la dignité de la maison; il se montrait volontiers prodigue de sa peine pour ménager le temps d'autrui.

Je n'ai pas besoin de vous rappeler, Messieurs, les services signalés que M. Guillard a rendus aux archives de la

Comédie française : ce sera presque sa gloire d'avoir mis dans ce riche dépôt l'ordre qui n'avait point existé avant lui. Que de trésors inestimables auraient été conservés si ses prédécesseurs eussent montré le même zèle! C'était son ambition de combler ces lacunes, de réparer les pertes qu'il déplorait. Il a pu le faire en partie, grâce aux recherches qu'il a effectuées lui-même ou qu'il a dirigées. Que de services ses archives, si habilement reconstituées, n'ont-elles pas déjà rendus aux érudits qui, venant les consulter, étaient assurés de trouver toujours dans l'archiviste un collaborateur assidu et précieux ! que de droits le nom de Guillard ne s'est-il pas acquis à la reconnaissance de tous ceux qui professent le culte des lettres et du théâtre!

Tout à l'heure, Messieurs, vous allez entendre la voix d'un ami qui vous dira mieux que moi quel était l'homme que nous perdons, parce qu'il a plus vécu dans son intimité et qu'il l'a connu plus longtemps. Mais qui de nous ne l'a pas aimé ? qui de nous ne l'a trouvé plein de déférence et de respect envers les droits acquis, les services éclatants, les renommées consacrées ? Quel est le jeune artiste qui, au commencement de sa carrière, ne s'est vu encouragé et soutenu par lui, qui ne l'a pas senti attentif à ses progrès? car il aimait à deviner le talent, et il s'inquiétait surtout de ce qui lui semblait préparer l'avenir de sa chère maison ? Il suivait avec assiduité votre travail quotidien. Nul n'a partagé d'un cœur plus chaud la joie de vos succès, nul n'a été plus heureux de la fortune grandissante de votre compagnie. Qui de nous pourra maintenant regarder sans ser-

3

rement de cœur cette modeste place où nous avions l'habitude de le voir, où l'on peut dire que s'est passée une si grande partie de sa vie?

Guillard avait été, il y a quelques mois à peine, frappé du coup le plus cruel. Nous avions espéré le voir se relever de cette atteinte. Vain espoir! la blessure ne devait pas se cicatriser, et le mal qu'il s'efforçait de dissimuler n'en était que plus profond et plus mortel. L'isolement avait, pour ainsi dire, tari en lui les sources de la vie. Il en avait le pressentiment, et la mort qui nous a paru si soudaine n'a point été imprévue pour lui : il la sentait venir, mais elle s'est emparée doucement de lui; elle lui a épargné les angoisses du dernier combat. Triste consolation pour ses amis, il s'est éteint sans avoir le temps de regretter la vie... Les regrets et la douleur sont pour ceux qui restent, mon cher Guillard!...

DISCOURS

DE M. PAUL FERRIER

Au nom de la Commission des auteurs et compositeurs dramatiques

MESSIEURS,

En prenant la parole au nom de la Commission des auteurs et compositeurs dramatiques, je ne puis m'empêcher de regretter qu'un autre plus autorisé que moi n'ait pas reçu mission de dire le suprême adieu de nos confrères au confrère que nous perdons.

Le discours que vous venez d'entendre a cependant singulièrement facilité ma tâche. L'éloge de Léon Guillard est prononcé, l'hommage est rendu, et ce qui me reste à dire n'est plus chose d'éloquence, c'est affaire de cœur. Là, Messieurs, je crains moins d'être un faible interprète ; je dois trop à l'ami qui va dormir son dernier sommeil pour que mes regrets ne soient pas à la hauteur de vos regrets. Devant l'affliction, l'égalité reparaît comme devant la mort. Il m'est doux, d'ailleurs, de payer particulièrement mon tribut à la mémoire de l'homme de bien qui fut mon compatriote, mon ami, mon conseiller et mon parrain devant vous. Il est juste aussi que la voix de la jeunesse se fasse entendre au nom de cette jeunesse à laquelle il a été si sympathique, si constamment utile et bienveillant.

Les fonctions qu'il remplissait à la Comédie française avec une sûreté de jugement, un tact et une érudition appréciés de tous, le mettaient en rapports journaliers avec un grand nombre d'entre nous; et combien sommes-nous ici qui lui avons dû, au commencement de notre carrière, aide et protection!

Contraint par sa santé, souvent compromise, à se retirer trop tôt du théâtre militant, il semblait avoir voué ses rares facultés au service des autres, fier comme un inventeur qui a trouvé, quand il découvrait au bas d'un manuscrit soumis à son examen un nom encore inconnu qu'il pût tirer de l'ombre. Il était de ces caractères d'élite qui aiment à travailler à la gloire du prochain.

Et cependant la voie s'était ouverte large devant lui au milieu des maîtres : dès ses débuts, il s'était conquis un rang distingué. *Les Moyens dangereux* et *l'Exil de Machiavel* l'avaient mis en pleine lumière; *les Frais de la guerre*, *Un Mariage sous la Régence*, *le Dernier Amour*, *Clarisse Harlowe*, *le Bal du Prisonnier*, et tant d'autres œuvres qui sont dans le souvenir de tous, marquent sa route heureuse.

Le jour où la plume tomba de sa main paralysée, sans envie, sans amertume, sans tristesse, il sut se résigner à quitter la lutte, et, ne pouvant rester indifférent aux œuvres du théâtre, il fit mieux que d'abandonner l'arène : il l'ouvrit lui-même à ses héritiers.

Disons donc le triste adieu, Messieurs, à cet auteur dramatique qui fut un noble cœur, une haute intelligence et un grand exemple de la confraternité professionnelle. Aimons-le comme il nous a aimés, et gardons à sa mémoire le respect, l'estime, l'affection que nul plus que lui n'a mérités de nous.

DISCOURS

DE M. ÉDOUARD THIERRY

Ancien administrateur de la Comédie française

Messieurs,

Après les graves et touchants discours que vous venez d'entendre, juste jugement de louange prononcé deux fois sur ce cercueil dignement honoré, que reste-t-il à dire ? Rien, je le sens, et je n'aurais garde de prendre la parole si celui dont nous avons conduit ici le deuil ne m'avait fait lui-même un devoir de m'arrêter devant sa tombe et de rendre publiquement témoignage à notre grande amitié.

C'était son désir, désir sacré maintenant. Je n'ai pas à m'excuser de le remplir, et peut-être, si je me taisais, me demanderait-on pourquoi j'ai gardé le silence.

Léon Guillard était mon ami, plus que mon ami : il avait été un autre moi-même ; il avait été mon coopérateur dans l'administration du Théâtre-Français, et, pour faire comprendre d'un mot l'importance des services que j'en ai reçus : il aurait pu administrer le théâtre sans moi, je n'aurais pas voulu l'administrer sans lui.

Il était mon second, un de ces seconds aussi rares que les hommes de première ligne, qui prennent leur place par choix et sans regret, la trouvant bonne parce qu'ils l'élèvent, plus jaloux d'être supérieurs en second rang que de ne pas le paraître en premier.

Il mettait son orgueil hors de lui-même, et son ambition à être utile sans se montrer.

Il avait le don du dévouement et du respect : dévouement absolu aux intérêts de la Comédie française, respect pour celui qui avait l'honneur de la représenter.

Il a été, à des degrés divers, dans la confiance de trois administrateurs ; il leur a été attaché comme il l'était au Théâtre-Français lui-même ; il les a bien servis et bien aimés tour à tour, sans cesser d'être fidèle à leurs prédécesseurs, toujours prêt à réclamer pour les absents la justice qu'on ne rend pas toujours aux hommes de la veille.

Avec celui qui parle et qui ne lui sera jamais assez reconnaissant, il avait toute la confiance de l'administration, et n'en a jamais usé que pour faire ce qui était bien.

Il prévoyait tout, préparait tout, pourvoyait à tout avec la discrétion la plus délicate. La prudence était son nom même : il savait prendre le moment pour avertir sans froisser, il conseillait de manière à ne pas porter ombrage.

Tout jeune, il avait été chef du cabinet du préfet de l'Hérault, et il avait appris de bonne heure à toucher doucement les susceptibilités aiguës. Il avait été auteur dramatique, et des meilleurs, — témoin le succès de *Clarisse Harlowe*, — et regardait tous les auteurs, ceux même qui ne faisaient qu'aspirer à l'être, comme des confrères; il se souvenait d'avoir commencé de même, et les prévenait d'une affectueuse sympathie. Avec quelle bonne grâce n'a-t-il pas exercé ses ingrates fonctions d'examinateur ! avec quel calme, avec quel sang-froid, avec quelle patiente indulgence, et toujours sans faiblesse ! Car Léon Guillard était un vaillant, en dépit de sa fragile santé. S'il pouvait sembler craintif quand elle était en question, il ne l'était pas dès qu'il sentait son cher théâtre attaqué de quelque façon que ce fût. Il défendait intrépidement la vérité, le droit, jusqu'à ce qu'il eût inspiré aux autres le courage de les faire triompher. On ne sait pas tout ce qu'il a usé de force morale en ces luttes continuelles.

Mais il avait alors où retremper sa fermeté tenace. Une femme digne de lui, comme lui loyale et généreuse, l'attendait dans ce gracieux intérieur qu'elle s'était disposé avec tant de goût ; elle l'entourait de mille soins ; elle le soutenait de son esprit et de sa gaieté, aussi longtemps que son esprit put être gai lui-même. Elle lui faisait une santé de la sienne, aussi longtemps que la sienne ne fut pas perdue ; et c'était l'honneur du Théâtre-Français d'abriter dans ses hauteurs tranquilles ce ménage admirable, cette union accomplie, ce bonheur composé de ce qu'ont de plus doux l'ancien amour fondu en inexprimable tendresse, l'estime croissante, l'habitude toujours plus chère, le besoin toujours plus fort de n'être qu'un en étant deux !

Il y avait là deux natures exquises, deux cœurs d'élite autour desquels se réunissaient de précieuses amitiés. Mme Léon Guillard appartenait à la famille de Monvel et à celle de Nourrit. L'âme de ces grands artistes était en elle :

elle avait l'amour des arts, elle était accueillante aux jeunes talents, et d'un groupe choisi qu'elle chérissait en mère elle s'était fait une seconde famille. Tout cela était bien bon ; mais rien de si bon ne saurait avoir de durée. La mort passe qui change tout. Elle prit Mme Guillard la première; mais, qui que ce fût des deux qu'elle eût pris le premier, c'était pour les avoir bientôt l'un et l'autre. Léon Guillard essaya pourtant de survivre. La Comédie française lui restait; il crut l'aimer assez pour avoir le courage de la servir encore. Il se proposait, sans se faire illusion toutefois, de rentrer, à un moment donné, dans le mouvement de la vie. Il se fixait un jour, un de ces heureux anniversaires d'autrefois, et ce jour-là, le 25 août, il voulait le commencer en apportant des fleurs à cette même tombe. Le terme était trop loin : il n'a pas pu attendre jusque-là. Vous voyez qu'il est venu quatre mois plus tôt avec de sombres fleurs, hélas! et de tristes couronnes!

Adieu, mon bon Léon Guillard!

Amitié sûre, dévouement sans défaillance, générosité, désintéressement qui ne se sont jamais démentis, adieu!

Tous ceux qui servent le Théâtre-Français se font honneur de bien l'aimer ; mais personne ne l'aura aimé plus que vous... Non ! plus que toi ! — puisqu'il convient de parler aux morts ainsi qu'on parle à Dieu. Et dans ce douloureux entretien, j'éprouve encore une douceur à te dire *toi*, comme à mon frère.

Repose en paix, âme de conciliation et de bonté! Pendant douze ans, tu m'as fait des amis avec les tiens, et tu n'as eu d'ennemis que ceux que je t'ai faits.

Repose en paix! Je ne veux pas te plaindre : tu avais bien rempli ta tâche. La vie, comme il arrive à ceux de notre âge, n'avait plus rien que d'amer à te donner ou à te promettre. L'infirme vieillesse t'a été épargnée. La mort est venue à toi comme une surprise du sommeil. Ta fin a été douce et bénie, et tu as atteint la suprême consommation du mariage : deux corps dans la même tombe, deux âmes dans le sein de Dieu!....

A PARIS

DES PRESSES DE D. JOUAUST

Imprimeur breveté

RUE SAINT-HONORÉ, 338

DU MÊME AUTEUR

PUBLICATIONS

SUR LA

COMÉDIE FRANÇAISE

REGNIER, sociétaire. 1 vol. in-18, avec portrait à l'eau-forte. 1872.

MADAME ARNOULD-PLESSY. Brochure in-18. 1876.

BRESSANT, sociétaire. 1 vol. in-18, avec portrait à l'eau-forte. 1877.

LA COMÉDIE FRANÇAISE (1680-1875), monographie, dans la Collection des *Foyers et Coulisses*. 2 vol. in-16, avec photographies.

JOURNAL INTIME DE LA COMÉDIE FRANÇAISE (1852-1871). 1 fort vol. in-18. 1878.

En préparation

LA COMÉDIE FRANÇAISE PENDANT LE SIÉGE DE PARIS ET LA COMMUNE (1870-1871).

LES REPRÉSENTATIONS DE MADEMOISELLE RACHEL (1838-1858).

www.ingramcontent.com/pod-product-compliance
Ingram Content Group UK Ltd.
Pitfield, Milton Keynes, MK11 3LW, UK
UKHW020356250726
13967UKWH00005B/2321

9 782013 049269